文・圖｜市原淳

　　出生於日本愛知縣，畢業於大阪藝術大學設計科系，目前住在橫濱，是日本兒童出版美術聯盟會員。除了繪本，也為商品包裝、書籍、廣告等繪製插畫。

　　2009年，加拿大 DECODE 公司將其創作的故事「Poppets Town」製作成動畫，於一百多個國家電視臺播放。

　　個人網站 http://www.ichiharajun.com/

翻譯｜郭孚

　　國立臺灣大學日文系畢業。深深著迷於兒童文學無窮的魅力，擔任過書店店員、童書編輯，喜愛在旅行途中探訪書店、圖書館與美術館。譯作有《逛商店街》（上誼出版）。

精選圖畫書　**爸爸的車最棒**　文・圖／市原淳　翻譯／郭孚

總編輯：鄭如瑤｜主編：詹嬿馨｜特約編輯：吳佐晰｜美術編輯：張雅玫｜行銷副理：塗幸儀
社長：郭重興｜發行人兼出版總監：曾大福｜業務平臺總經理：李雪麗｜業務平臺副總經理：李復民
海外業務協理：張鑫峰｜特販業務協理：陳綺瑩｜實體業務經理：林詩富
印務經理：黃禮賢｜印務主任：李孟儒｜出版與發行・小熊出版・遠足文化事業股份有限公司
地址： 231 新北市新店區民權路 108-2 號 9 樓｜電話：02-22181417｜傳真：02-86671851
劃撥帳號：19504465｜戶名：遠足文化事業股份有限公司
客服專線：0800-221029｜客服信箱：service@bookrep.com.tw

E-mail：littlebear@bookrep.com.tw｜Facebook：小熊出版
讀書共和國出版集團網路書店：http://www.bookrep.com.tw
團體訂購請洽業務部：02-2218-1417 分機1132、1520
法律顧問：華洋法律事務所／蘇文生律師
印製：凱林彩印股份有限公司
初版一刷：2020 年 8 月
定價：320 元｜ISBN：978-986-5503-65-9

SUGOI KURUMA by Jun Ichihara
Copyright © 2011 Jun Ichihara
All rights reserved.
Original Japanese edition published by Kyoiku Gageki Co.,Ltd.
Traditional Chinese translation copyright © 2020 by Walkers Cultural Co., Ltd./Little Bear Books
This Traditional Chinese edition published by arrangement with Kyoiku Gageki Co.,Ltd.
through HonnoKizuna, Inc., Tokyo, and Future View Technology Ltd.

小熊出版讀者回函　　小熊出版官方網頁

爸爸的車最棒

文・圖／市原淳　翻譯／郭孚

這是我爸爸的車子。

看起來和普通的車子沒什麼不同，
不過， 它可是全世界最棒的車子！

按一下方向盤
旁邊的按鈕，
車頂就會「啪」
一聲打開。

椅子像電梯一樣
往上升。

變成秋千了！
「哇——好開心喔！」

咻^{ㄒㄧㄡ} ── 嗚^ㄨ！
是^ㄕ世^ㄕ界^{ㄐㄧㄝ}上^{ㄕㄤ}最^{ㄗㄨㄟ}快^{ㄎㄨㄞ}的^{ㄉㄜ}速^{ㄙㄨ}度^{ㄉㄨ}，
比^{ㄅㄧ}高^{ㄍㄠ}鐵^{ㄊㄧㄝ}還^{ㄏㄞ}快^{ㄎㄨㄞ}！

1級方程式

世界冠軍

還（ㄏㄞ）可（ㄎㄜ）以（ㄧ）像（ㄒㄧㄤ）船（ㄔㄨㄢ）一（ㄧ）樣（ㄧㄤ）在（ㄗㄞ）水（ㄕㄨㄟ）面（ㄇㄧㄢ）航（ㄏㄤ）行（ㄒㄧㄥ）。

噗ㄆㄨ嚕ㄌㄨ噗ㄆㄨ嚕ㄌㄨ噗ㄆㄨ嚕ㄌㄨ ……
也ㄧㄝ能ㄋㄥ變ㄅㄧㄢ身ㄕㄣ成ㄔㄥ潛ㄑㄧㄢ水ㄕㄨㄟ艇ㄊㄧㄥ。

塞車了，怎麼辦？
伸出長長的腳，一步一步，
輕快的往前走。

後ㄏㄡˋ車ㄔㄜ廂ㄒㄧㄤ裡ㄌㄧˇ有ㄧㄡˇ甜ㄊㄧㄢˊ點ㄉㄧㄢˇ製ㄓˋ造ㄗㄠˋ機ㄐㄧ，
隨ㄙㄨㄟˊ時ㄕˊ隨ㄙㄨㄟˊ地ㄉㄧˋ都ㄉㄡ能ㄋㄥˊ做ㄗㄨㄛˋ出ㄔㄨ
好ㄏㄠˇ吃ㄔ的ㄉㄜ甜ㄊㄧㄢˊ點ㄉㄧㄢˇ。

今天推薦的甜點是草莓霜淇淋！

今日甜點
鬆餅
甜甜圈
鯛魚燒
餅乾
雷根糖
馬卡龍
章魚燒
巧克力聖代
霜淇淋
果汁

咚隆
咚隆

換上越野輪胎，
沒有道路的地方也到得了。

在ㄗㄞˋ北ㄅㄟˇ極ㄐㄧˊ行ㄒㄧㄥˊ駛ㄕˇ時ㄕˊ是ㄕˋ這ㄓㄜˋ個ㄍㄜˋ模ㄇㄛˊ樣ㄧㄤˋ。

嘩啦嘩啦，

嗶嗶啵啵，

刷刷刷 ——

弄髒的時候，它會自己洗澡。

故障的時候， 也能自己修理。

嘰ㄐㄧ ——

嘎ㄍㄚ噹ㄉㄤ嘎ㄍㄚ噹ㄉㄤ！

砰ㄆㄥ —— 咚ㄉㄨㄥ！

砰ㄆㄥ —— 咚ㄉㄨㄥ！

能ㄋㄥˊ在ㄗㄞˋ天ㄊㄧㄢ上ㄕㄤˋ飛ㄈㄟ。

啪ㄆㄚ嗒ㄉㄚ、 啪ㄆㄚ嗒ㄉㄚ、 啪ㄆㄚ嗒ㄉㄚ ——

也_{ㄧㄝˇ}到_{ㄉㄠˋ}得_{ㄉㄜˊ}了_{ㄌㄠˇ}外_{ㄨㄞˋ}太_{ㄊㄞˋ}空_{ㄎㄨㄥ}。

不ㄅㄨˊ過ㄍㄨㄛˋ，
我ㄨㄛˇ最ㄗㄨㄟˋ喜ㄒㄧˇ歡ㄏㄨㄢˋ的ㄉㄜ˙是ㄕˋ ⋯⋯

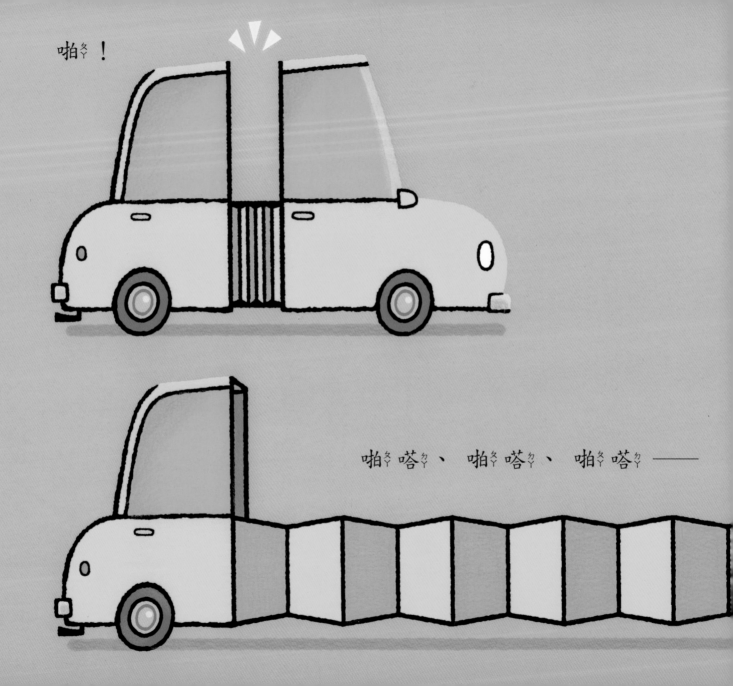

啪ㄆㄚ！

啪ㄆㄚ嗒ㄉㄚ、 啪ㄆㄚ嗒ㄉㄚ、 啪ㄆㄚ嗒ㄉㄚ——

它_{ㄊㄚ}可_{ㄎㄜˇ}以_{ㄧˇ}變_{ㄅㄧㄢˋ}得_{ㄉㄜˊ}和_{ㄏㄜˊ}火_{ㄏㄨㄛˇ}車_{ㄔㄜ}一_ㄧ樣_{ㄧㄤˋ}長_{ㄔㄤˊ}。

載著我和朋友們，一起出去玩！
它是最棒的車子，
也是最好玩的車子。

好玩到不想回家的心情我明白，
不過， 明天還可以再一起玩喔！

我ㄨㄛˇ們ㄇㄣ˙回ㄏㄨㄟˊ來ㄌㄞˊ嘍ㄌㄡ˙！

用繪本開啟親子對話的橋梁

文／親職教育講師 魏瑋志（澤爸）

我的爸爸，工作很忙碌，印象中小時候，在家裡時常看不到他的身影。不過，他再怎麼忙，一定會開車載我們上學，我們晚回家也一定會開車來接，假日也會開車帶我們全家出遊，長大了則教我怎麼開車。對我而言，車子就是家庭幸福的延伸，也是我跟爸爸最獨特的相處空間。

《爸爸的車最棒》裡，孩子說：「我爸爸的車子看起來和普通的車子沒什麼不同，不過，它可是全世界最棒的車子！」對我而言，也有著相同的感覺。

繪本中，孩子將爸爸的車子描述得彷彿能夠飛天遁地、上山下海、無所不能，有如霹靂車一樣無敵，這其實是反映了孩子在車中與爸爸相處的快樂。即便遇到不愉快的事情，像是塞車，也能發揮想像力，讓車子伸出長長的腳，輕快的往前走。這些正向的感受，都是來自於內心的幸福感，一個與爸爸最特別的時光。

這繪本，很推薦由爸爸來讀給孩子聽，在親子共讀的過程中，我們還可以透過書中的想像，延伸到親子之間的對話，像是：「你喜歡爸爸開車載你出去嗎？」、「爸爸的車子，有沒有跟書中的車子一樣，有特別的功能？」、「在車子裡，你最快樂的事情是什麼？」、「爸爸開車載你的時候，最喜歡跟爸爸聊什麼呢？」、「你想要爸爸下次開車帶你到哪裡？」、「你最記得爸爸曾經開車載你到哪裡去呢？」

繪本不僅僅是繪本，而是開啟親子對話的橋梁。